TURLENDANA RITORNA e TURLENDANA EBRO

di *Gabriele D'Annunzio*

San Pantaleone è una raccolta di novelle di Gabriele D'Annunzio del 1886.

Photo by Charlotte Coneybeer on Unsplash

Tutti i diritti riservati ©

ISBN 978-0-244-32703-3

TURLENDANA RITORNA

La compagnia camminava lungo il mare. Già pei chiari poggi litorali ricominciava la primavera; l'umile catena era verde, e il verde di varie verdure distinto; e ciascuna cima aveva una corona d'alberi fioriti. Allo spirar del maestro quelli alberi si movevano; e nel moto forse si spogliavano di molti fiori, poichè alla breve distanza le alture parevano coprirsi d'un colore tra il roseo e il violaceo, e tutta la veduta un istante pareva tremare e impallidire come un'imagine a traverso il vel dell'acqua o come una pittura che lavata si stinge.

Il mare si distendeva in una serenità quasi verginale, lungo la costa lievemente lunata verso austro, avendo nello splendore la vivezza d'una turchese della Persia. Qua e là, segnando il passaggio delle correnti, alcune zone di più cupa tinta serpeggiavano.

Turlendana, in cui la conoscenza dei luoghi per i molti anni d'assenza era quasi intieramente smarrita e in cui per le lunghe peregrinazioni il sentimento della patria era quasi estinto, andava innanzi senza volgersi a riguardare, con quel suo passo affaticato e claudicante.

Come il camello indugiava ad ogni cespo d'erbe selvatiche, egli gittava un breve grido rauco d'incitamento. E il gran quadrupede rossastro risollevava il collo lentamente, triturando fra le mandibole laboriose il cibo.

- Hu, Barbarà! -

L'asina, la piccola e nivea Susanna, di tratto in tratto, sotto li assidui tormenti del macacco si metteva a ragliare in suono lamentevole, chiedendo d'esser liberata del cavaliere. Ma Zavalì, instancabile, senza tregua, con una specie di frenesía di mobilità, con gesti rapidi e corti ora di collera e ora di gioco, percorreva tutta la schiena dell'animale, saltava su la testa afferrandosi alle grandi orecchie, prendeva fra le due mani la coda sollevandola e scotendone il ciuffo dei crini, cercava tra il pelo grattando con l'unghie vivamente e recandosi quindi l'unghie alla bocca e masticando con mille vari moti di tutti i muscoli della faccia. Poi, d'improvviso, si raccoglieva su 'l sedere, tenendosi in una delle mani il piede ritorto simile a una radice d'arbusto, immobile, grave, fissando verso le acque i tondi occhi color d'arancio che gli si empivano di meraviglia, mentre la fronte gli si corrugava e le orecchie fini e rosee gli tremavano quasi per inquietudine. Poi, d'improvviso, con un gesto di malizia ricominciava la giostra.

- Hu, Barbarà! -

Il camello udiva; e si rimetteva in cammino.

Quando la compagnia giunse al bosco dei salci, presso la foce della Pescara, su la riva sinistra (già si scorgevano i galli sopra le antenne delle paranze ancorate allo scalo della Bandiera), Turlendana si arrestò poichè voleva dissetarsi al fiume.

Il patrio fiume recava l'onda perenne della sua pace al mare. Le rive, coperte di piante fluviatili, tacevano e si riposavano, come affaticate dalla recente opera della fecondazione. Il silenzio era profondo su tutte le cose. Li estuarii risplendevano al sole tranquilli, come spere, chiusi in una cornice di cristalli salini. Secondo le vicende del vento, i salci verdeggiavano o biancheggiavano.

«La Pescara!» disse Turlendana soffermandosi, con un accento di curiosità e di riconoscimento istintivo. E stette a riguardare.

Poi discese al margine, dove la ghiaia era polita; e si mise in ginocchio per attingere l'acqua con il concavo delle palme. Il camello curvò il collo, e bevve a sorsi lenti e regolari. L'asina anche bevve. E la scimmia imitò l'attitudine dell'uomo, facendo conca con le esili mani ch'erano violette come i fichi d'India acerbi.

- Hu, Barbarà! -

Il camello udì e cessò di bere. Dalle labbra molli gli gocciolava l'acqua abbondantemente su le callosità del petto, e gli si vedevano le gencive pallidicce e i grossi denti giallognoli.

Per il sentiero, segnato nel bosco dalla gente di mare, la compagnia riprese il viaggio. Cadeva il sole, quando giunse all'Arsenale di Rampigna.

A un marinaio, che camminava lungo il parapetto di mattone, Turlendana domandò:

«Quella è Pescara?»

Il marinaio, stupefatto alla vista delle bestie, rispose:

«È quella.»

E tralasciò la sua faccenda per seguire il forestiero.

Altri marinai si unirono al primo. In breve una torma di curiosi si raccolse dietro Turlendana che andava innanzi tranquillamente, non curandosi dei diversi comenti popolari. Al ponto delle barche il camello si rifiutò di passare.

- Hu, Barbarà! Hu, hu! -

Turlendana prese ad incitarlo con le voci, pazientemente, scotendo la corda della cavezza con cui ora egli lo conduceva. Ma l'animale ostinato si coricò a terra e posò la testa nella polvere, come per rimanere ivi lungo tempo. I plebei d'in torno, riavutisi dalla prima stupefazione, schiamazzavano gridando in coro:

«Barbarà! Barbarà!»

E, come avevano dimestichezza con le scimmie perchè talvolta i marinai dalle lunghe navigazioni le riportavano in patria insieme ai pappagalli e ai cacatua, provocavano Zavalì in mille modi e gli porgevano certe grosse mandorle verdi che il macacco apriva per mangiarne il seme fresco e dolce golosamente.

Dopo molta persistenza di urti e di urli, alla fine Turlendana riuscì a vincere la tenacità del camello. E quella mostruosa architettura d'ossa e di pelle si risollevò barcollante, in mezzo alla folla che incalzava.

Da tutte le parti i soldati e i cittadini accorrevano allo spettacolo, sopra il ponte delle barche. Dietro il Gran Sasso il sole cadendo irradiava per tutto il cielo primaverile una viva luce rosea; e, come dalle campagne umide e dalle acque del fiume e del mare e dalli stagni durante il giorno erano sorti molti vapori, le case e le vele e le antenne e le piante e tutte le cose apparivano rosee; e le forme, acquistando una specie di trasparenza, perdevano la certezza dei contorni e quasi fluttuavano sommerse in quella luce.

Il ponte, sotto il peso, scricchiolava su le barche incatramate, simile ad una vastissima zattera galleggiante. La popolazione tumultuava giocondamente. Per la ressa, Turlendana con le sue bestie rimase fermo a mezzo il ponte. E il camello, enorme, sovrastante a tutte le teste, respirava contro il vento, movendo tardo il collo simile a un qualche favoloso serpente coperto di peli.

Poichè già nella curiosità delli accorsi s'era sparso il nome dell'animale, tutti, per un nativo amore delli schiamazzi e per una concorde letizia che sorgeva a quella dolcezza del tramonto e della stagione, tutti gridavano:

«Barbarà! Barbarà!»

Al clamore plaudente, Turlendana, che stava stretto contro il petto del camello, si sentiva invadere da un compiacimento quasi paterno.

Ma l'asina d'un tratto prese a ragliare con sì alte ed ingrate variazioni di voci e con tanta sospirevole passione che un'ilarità unanime corse il popolo. E le schiette risa plebee si propagavano da un capo all'altro del ponte, come uno scroscio di scaturigine cadente giù pe' i sassi d'una china.

Allora Turlendana ricominciò a muoversi attraverso la folla, non conosciuto da alcuno.

Quando fu su la porta della città, dove le femmine vendevano la pesca recente dentro ampi canestri di giunco, Binchi-Banche, l'omiciattolo dal viso giallognolo e rugoso come un limone senza succo, gli si fece innanzi, e, secondo soleva con tutti i forestieri che capitavano nel paese, gli offerse i suoi servigi per l'alloggiamento.

Prima chiese, accennando a Barbarà:

«È feroce?»

Turlendana rispose che no, sorridendo.

«Be'!» riprese Binchi-Banche, rassicurato, «ci sta la casa di Rosa Schiavona.»

Ambedue volsero per la Pescería e quindi per Sant'Agostino, seguiti dal popolo. Alle finestre e ai balconi le donne e i fanciulli si affacciavano guardando con stupore il passaggio del camello e ammiravano le minute grazie dell'asinetta bianca e ridevano ai lezi di Zavalì.

A un punto Barbarà, vedendo pendere da una loggia bassa un'erba mezzo secca, tese il collo e sporse le labbra per giungerla, e la strappò. Un grido di terrore ruppe dalle donne che stavano su la loggia chine; e il grido si propagò nelle logge prossime. La gente della via rideva forte, gridando come in carnovale dietro le maschere:

«Viva! Viva!»

Tutti erano inebriati dalla novità dello spettacolo e dall'aria della primavera.

Dinanzi alla casa di Rosa Schiavona, in vicinanza di Portasale, Binchi-Banche accennò di sostare.

«È qua,» disse.

La casa, molto umile, a un solo ordine di finestre, aveva le mura inferiori tutte segnate d'iscrizioni e di figurazioni oscene. Una fila di pipistrelli crocifissi ornava l'architrave; e una lanterna coperta di carta rossa pendeva sotto la finestra media.

Ivi alloggiava ogni sorta di gente avveniticcia e girovaga; dormivano mescolati i carrettieri di Letto Manoppello grandi e panciuti, i zingari di Sulmona, mercanti di giumenti e restauratori di caldaie, i fusari di Bucchianico, le femmine di Città Sant'Angelo venute a far pubblica professione d'impudicizia tra i soldati, li zampognari di Atina, i montagnuoli domatori d'orsi, i cerretani, i falsi mendicanti, i ladri, le fattucchiere.

Gran mezzano della marmaglia era Binchi-Banche. Giustissima proteggitrice, Rosa Schiavona.

Come udì i romori, la femmina venne su 'l limitare. Ella pareva in verità un essere generato da un uomo nano e da una scrofa.

Chiese, da prima, con un'aria di diffidenza:

«Che c'è?»

«C'è qua 'stu cristiano che vuo' alloggio co' le bestie, Donna Rosa.»

«Quante bestie?»

«Tre, vedete, Donna Rosa: 'na scimmia, 'n'asina e 'nu camelo.»

Il popolo non badava al dialogo. Alcuni incitavano Zavalì. Altri palpavano le gambe di Barbarà, osservando su le ginocchia e su 'l petto i duri dischi callosi. Due guardie del sale, che avevano viaggiato sino ai porti dell'Asia Minore, dicevano ad alta voce le varie virtù dei camelli e narravano confusamente d'averne visti taluni fare un passo di danza portando il lungo collo carico di musici e di femmine seminude.

Li ascoltatori, avidi di udire cose meravigliose, pregavano:

«Dite! dite!»

Tutti stavano a torno, in silenzio, con li occhi un po' dilatati, bramando quel diletto.

Allora una delle guardie, un uomo vecchio che aveva le palpebre arrovesciate dai venti del mare, cominciò a favoleggiare dei paesi asiatici. E a poco a poco le parole sue stesse lo trascinavano e lo inebriavano.

Una specie di mollezza esotica pareva spargersi nel tramonto. Sorgevano, nella fantasia popolare, le rive favoleggiate e luminavano. A traverso l'arco della Porta, già occupato dall'ombra, si vedevano le tanecche coperte di sale ondeggiar su 'l fiume; e, come il minerale assorbiva tutta la luce del crepuscolo, le tanecche sembravano materiate di cristalli preziosi. Nel cielo un po' verde saliva il primo quarto della luna.

«Dite! dite!» ancora chiedevano i più giovini.

Turlendana intanto aveva ricoverate le bestie e le aveva provviste di cibo; e quindi era uscito in compagnia di Binchi-Banche, mentre la gente rimaneva accolta innanzi all'uscio della stalla, dove la testa del camello appariva e spariva dietro le alte grate di corda.

Per la via, Turlendana domandò:

«Ci stanno cantine?».

Binchi-Banche rispose:

«Sì, segnore; ci stanno.»

Poi, sollevando le grosse mani nerastre e prendendosi co 'l pollice e l'indice della destra successivamente la punta d'ogni dito della sinistra, enumerava:

«La caudina di Speranza, la caudina di Buono, la caudina di Assaù, la candina di Matteo Puriello, la candina della cecata di Turlendana....»

«Ah,» fece tranquillamente l'uomo.

Binchi-Banche sollevò i suoi acuti occhiolini verdognoli.

«Ci sei stato 'n'altra volta a qua, segnore?»

E, non aspettando la risposta, con la nativa loquacità della gente pescarese, seguitava:

«La candina della cecata è grande e ci si vende lu meglio vino. La cecata è la femmina delli quattro mariti....»

Si mise a ridere, con un riso che gl'increspava tutta la faccia gialliccia come il centopelle d'un ruminante.

«Lu primo marito fu Turlendana, ch'era marinaro e andava su li bastimenti del re di Napoli, all'Indie basse e alla Francia e alla Spagna e infino all'America. Quello si perse in mare, e chi sa a dove, con tutto il legno; e non s'è trovato più. So' trent'anni. Teneva la forza di Sansone: tirava l'áncore co' un dito.... Povero giovane! Eh, chi va pe' mare quella fine fa.»

Turlendana ascoltava, tranquillamente.

«Lu secondo marito, doppo cinqu'anni di vedovanza, fu 'n'ortonese, lu figlio di Ferrante, 'n'anima dannata, che s'er'unito co' li contrabbandieri, a tempo che Napolione stava contro l'Inglesi. Facevano contrabbando, da Francavilla infino a Silvi e a Montesilvano, di zucchero e di cafè, co' li legni inglesi. C'era, vicino a Silvi, 'na torre delli Saracini, sotto il bosco, da dove si facevano li segnali. Come passava la pattuglia, plon plon, plon plon, noi 'scivamo dall'alberi....» Ora il parlatore accendevasi al ricordo; ed obliandosi descriveva con prolissità di parole tutta l'operazion clandestina, ed aiutava di gesti e di interiezioni vive il racconto. La sua piccola persona coriacea si raccorciava e si distendeva nell'atto. «In fine, il figlio di Ferrante era morto d'una schioppettata nelle reni, per mano de' soldati di Gioachino Murat, di notte, su la costiera.

«Lu terzo marito fu Titino Passacantando che morì nel letto suo, di male cattivo. Lu quarto vive. Ed è Verdura, bonomo, che no' mestura li vini. Sentarai, segnore.»

Quando giunsero alla cantina lodata, si separarono.

«F'lice sera, segnore!»

«F'lice sera.»

Turlendana entrò, tranquillamente, fra la curiosità dei bevitori che sedevano a certe lunghe tavole in giro.

Avendo chiesto da mangiare, egli fu da Verdura invitato a salire in una stanza superiore ove i deschi erano già pronti per le cene.

Nessun cliente ancora stava nella stanza. Turlendana sedette e incominciò a mangiare a grandi bocconi, con la testa su 'l piatto, senza intervalli, come un uomo famelico. Egli era quasi intieramente calvo: una profonda cicatrice rossiccia gli solcava per lungo la fronte e gli scendeva fino a mezzo la guancia; la barba folta e grigia gli saliva fino ai pomelli emergenti; la pelle, bruna, secca, piena di asperità, corrosa dalle intemperie, riarsa dal sole, incavata dalle sofferenze, pareva non conservare più alcuna vivezza umana; li occhi e tutti i lineamenti erano, da tempo, come pietrificati nell'impassibilità.

Verdura, curioso, sedette di contro; e stette a riguardare il forestiero. Egli era piuttosto pingue, con la faccia d'un color roseo sottilissimamente venato di vermiglio come la milza dei buoi.

Alla fine, domandò:

«Da che paese venite?»

Turlendana, senza levar la faccia, rispose semplicemente:

«Vengo di lontano.»

«E dove andate?» ridomandò Verdura.

«Sto qua.»

Verdura, stupefatto, tacque. Turlendana levava ai pesci la testa e la coda; e li mangiava così a uno a uno, triturando le lische. Ad ogni due o tre pesci, beveva un sorso di vino.

«Qua ci conoscete qualcuno?» riprese Verdura, bramoso di sapere.

«Forse,» rispose l'altro semplicemente.

Sconfitto dalla brevità dell'interlocutore, il vinattiere una seconda volta ammutolì. Udivasi la masticazione lenta ed elaborata di Turlendana tra l'inferior clamore dei bevitori.

Dopo un poco, Verdura riaprì la bocca.

«Il camello in che siti nasce? Quelle, due gobbe sono naturali? Una bestia così grande e forte come può essere mai addomesticata?»

Turlendana lasciava parlare, senza rimuoversi.

«Il vostro nome, signor forestiere?»

L'interrogato sollevò il capo dal piatto; e rispose, semplicemente:

«Io mi chiamo Turlendana.»

«Che?»

«Turlendana.»

«Ah!»

La stupefazione dell'oste non ebbe più limiti. E insieme una specie di vago sbigottimento cominciava a ondeggiare in fondo all'animo di lui.

«Turlendana!... Di qua?»

«Di qua.»

Verdura dilatò i grossi occhi azzurri in faccia all'uomo.

«Dunque non siete morto?»

«Non sono morto.»

«Dunque voi siete il marito di Rosalba Catena?»

«Sono il marito di Rosalba Catena.»

«E ora?» esclamò Verdura, con un gesto di perplessità. «Siamo due.»

«Siamo due.»

Un istante rimasero in silenzio. Turlendana masticava l'ultima crosta d'un pane, tranquillamente; e si udiva nel silenzio lo scricchiolio leggero. Per una naturale benigna incuranza dell'animo e per una fatuità gloriosa, Verdura non era compreso d'altro che della singolarità dell'avvenimento. Un improvviso impeto d'allegrezza lo prese, salendo spontaneo dai precordi.

«Andiamo da Rosalba! andiamo! andiamo! andiamo!»

Egli traeva il reduce per un braccio, a traverso il fondaco dei bevitori, agitandosi, gridando:

«Ecc'a qua Turlendana, Turlendana marinaro, lu marito de mógliema, Turlendana che s'era: morto! Ecc'a qua Turlendana! Ecc'a qua Turlendana!»

TURLENDANA EBRO

Quando egli bevve l'ultimo bicchiere, all'orologio del Comune stavano per iscoccare due ore dopo la mezzanotte.

Disse Biagio Quaglia, con la voce intorbidata dal vino, come i tocchi squillarono nel silenzio della luna chiarissimi:

«Mannaggia! Ce ne vulemo i'?»

Ciávola, quasi disteso sotto la panca, agitando di tratto in tratto le lunghe gambe corritrici, farneticava di cacce clandestine nelle bandite del marchese di Pescara, poichè il sapor selvatico della lepre gli risaliva su per la gola e il vento recava l'odor resinoso dei pini dalla boscaglia marittima.

Disse Biagio Quaglia, percotendo con i piedi il cacciatore biondo, e facendo atto di levarsi:

«'Jamo, Purié.»

E Ciávola con molto sforzo si rizzò dondolandosi, smilzo e lungo come un cane levriere.

«'Jamo; ca mo fanne lu passo,» rispose, levando la mano verso l'alto, quasi in atto di auspicio, poichè forse pensava a una qualche migrazione di uccelli.

Turlendana anche si mosse; e, vedendo dietro di sè la vinattiera Zarricante che aveva fresche le gote e acerbe le poma del petto, volle abbracciarla. Ma Zarricante gli sfuggì di tra le braccia, gridandogli una contumelia. Su la porta, Turlendana chiese ai due amici un po' di compagnia e di sostegno per un tratto di cammino. Ma Biagio Quaglia e Ciávola, che facevano un bel paio, gli volsero le spalle sghignazzando e si allontanarono sotto la luna.

Allora Turlendana si fermò a guardare la luna che era tonda e rossa come una bolla pontificia. I luoghi in torno tacevano. Le case biancicavano in fila. Un gatto miagolava alla notte di maggio, su i gradini della porta. L'uomo, avendo nell'ebrietà una singolare inclinazione alla tenerezza, tese la mano pianamente per accarezzare l'animale. Ma l'animale, essendo di natura forastico, diede un balzo e disparve.

Vedendo un cane errante avvicinarsi, l'uomo tentò di versare su quello la piena della sua benevolenza amorevole. Ma il cane passò oltre, senza rispondere al richiamo, e si mise in un canto del trivio a rosicare certe ossa. Il romore dei denti laboriosi udivasi distintamente nel silenzio.

Come dopo poco la porta della cantina si chiuse, Turlendana rimase solo nel gran plenilunio popolato di ombre e di nuvole in viaggio. E la sua mente rimase colpita da quel rapido

allontanarsi di tutti li esseri circostanti. Tutti dunque fuggivano? Che aveva egli fatto perchè tutti fuggissero?
Cominciò a muovere i passi incertamente, verso il fiume. Il pensiero di quella fuga universale, a mano a mano ch'egli andava innanzi, gli occupava con maggiore profondità il cervello alterato dai fumi bacchici. Avendo incontrato altri due cani spersi, si fermò presso di loro quasi per esperimentare e li chiamò. Le due bestie ignobili seguitarono a strisciarsi lungo i muri, con la coda fra le gambe; e scantonarono. Poi, quando furono più lontani, si misero a latrare; e subitamente da tutti i punti del paese, dal Bagno, da Sant'Agostino, dall'Arsenale, dalla Pescheria, da tutti i luoghi luridi e oscuri i cani erranti accorsero, come a un suon di battaglia. E il coro ostile di quella tribù di zingari famelici saliva fino alla luna.
Turlendana stupefatto, mentre una specie d'inquietudine gli si svegliava nell'animo vagamente, riprese il cammino con passi più spediti, di tratto in tratto incespicando su le asperità del terreno. Quando giunse al canto dei bottari, dove le ampie botti di Zazzetta formavano cumuli biancastri simili a monumenti, egli sentì un interrotto respirar bestiale. E, poichè il pensiero fisso dell'ostilità delle bestie omai lo teneva, egli si accostò da

quella parte, con una ostinazione di ebro, per esperimentare di nuovo.

Dentro una stalla bassa i tre vecchi cavalli di Michelangelo ansavano faticosamente su la mangiatoia. Erano bestie decrepite che avevano logorata la vita trascinando su per la strada di Chieti due volte al giorno la gran carcassa d'una diligenza piena di mercanti e di mercanzie. Sotto i loro peli bruni, qua e là rasati dalle bardature, le coste sporgevano come tante canne secche di una tettoia in rovina; le gambe anteriori piegate non avevano quasi più ginocchia; la schiena era dentata come una sega; e il collo spelato, dove a pena rimaneva qualche vestigio della criniera, si curvava verso terra così che talvolta le froge senza più soffio toccavano quasi le ugne consunte.

Un cancello di legno, malfermo, sbarrava la porta.

Turlendana cominciò a fare; - Ush, ush, ush! Ush, ush, ush! -

I cavalli non si movevano; ma respiravano insieme, umanamente. E le forme dei loro corpi apparivano confuse nell'ombra turchiniccia; e il fetore dei loro aliti si mesceva al fetore dello strame.

- Ush, ush, ush! - seguitava Turlendana, in suono lamentevole, come quando spingeva Barbarà ad abbeverarsi.

I cavalli non si movevano.

- Ush, ush, ush! Ush, ush, ush! -

Uno dei cavalli si volse e venne a mettere la grossa testa deforme su 'l cancello, guardando dalli occhi che rilucevano alla luna come ripieni d'una acqua torbida. Il labbro inferiore gli penzolava simile a un lembo di pelle flaccida, scoprendo la gengiva. Le froge ad ogni soffio ripalpitavano nel tenerume umidiccio del muso, e si schiudevano talvolta con la stessa mollezza d'una bolla d'aria in una massa di lievito che fermenta, e si richiudevano.

Alla vista di quella testa senile, l'ebro si risovvenne. Perchè dunque s'era empito di vino, egli così sobrio per consuetudine? Un momento, in mezzo all'ebrietà obliosa, la forma di Barbarà moribondo gli ricomparve dinanzi, la forma del camello che giaceva su 'l terreno e teneva su la paglia il lungo collo inerte e tossiva come un uomo e si agitava debolmente di tratto in tratto mentre ad ogni moto il ventre gonfio produceva il romore d'un barile a metà pieno d'acqua.

Una gran tenerezza pietosa lo invase; e l'agonia del camello, con quelle scosse improvvise e quelli strani singhiozzi rauchi che facevano sussultare e vibrare sonoramente tutto l'enorme carcame semivivo, e con quelli sforzi affannosi del collo che si

sollevava un istante per ricadere su la paglia dando un romor sordo e grave mentre le gambe si movevano quasi in atto di correre, e con quel tremore continuo delli orecchi e quell'immobilità del globo dell'occhio che pareva già spento prima d'ogni altra parte sensibile, l'agonia del camello gli ritornò nella memoria lucidamente in tutta la sua miseria umana. Ed egli, appoggiato al cancello, per un moto macchinale della bocca seguitava a fare verso il cavallo di Michelangelo:
- Ush, ush, ush! Ush, ush, ush! -
Con la persistenza inconscia delli ebri, con una ebetudine crescente, seguitava, seguitava; ed era una lamentazione monotona, accorante, quasi lugubre come il canto delli uccelli notturni.
- Ush, ush, ush! -
Allora Michelangelo, che dal suo letto udiva, d'improvviso si affacciò alla finestra soprastante; e in furia si diede a caricar di contumelie e di imprecazioni il disturbatore.
«Fijie di.... vatt'a jettà a la Piscare! Vatténne da ecche! Vatténne, ca mo pijie na varre. Fijie di.... a turmendà li cristiani vuo' venì? 'Mbriache 'vrette! Vatténne!»

Turlendana si rimise a camminare, verso il fiume, barcollando. Al trivio dei fruttaiuoli una torma di cani stava in conciliabolo amoroso. Come l'uomo si appressò, la torma si disperse correndo verso il Bagno. Dal vicolo di Gesidio un'altra torma sbucò e prese la via dei Bastioni. Tutto il paese di Pescara, nel dolce plenilunio primaverile, era pieno di amori e di combattimenti canini. Il mastino di Madrigale, incatenato a guardia d'un bove ucciso, di tratto in tratto faceva sentire la sua voce profonda che dominava tutte le altre voci. Di tratto in tratto, qualche cane sbandato passava di gran corsa, solo, dirigendosi al luogo della mischia. Nelle case, i cani prigionieri ululavano.

Ora, un turbamento più strano prendeva il cervello dell'ebro. Dinanzi a lui, dietro a lui, in torno a lui, la fuga imaginaria delle cose ricominciava più rapida. Egli si avanzava, e tutte le cose si allontanavano: le nuvole, li alberi, le pietre, le rive del fiume, le antenne delle barche, le case. Questa specie di repulsione e di reprobazione universale lo empì di terrore. Si fermò. Un gorgoglio prolungato gli moveva le viscere. Subito, nella mente scomposta, gli balenò un pensiero. - Il lepre! Anche il lepre di Ciávola non voleva più restare con lui! - Il terrore gli crebbe; un tremito gli prese le gambe e le braccia. Ma, incalzato, discese fra i salici teneri e le alte erbe su la riva.

La luna piena, radiante, spandeva per tutto il cielo una dolce serenità nivale. Li alberi s'inclinavano in attitudini pacifiche alla contemplazione delle acque fuggitive. Quasi un respiro lento e solenne emanava dal sonno del fiume sotto la luna. Le rane cantavano.

Turlendana stava quasi nascosto tra le piante. Le mani gli tremavano su i ginocchi. D'improvviso, egli sentì sotto di sè muoversi qualche cosa di vivo: una rana! Gittò un grido, si levò, si diede a correre traballando, per mezzo ai salici, in una corsa grottesca ed orrida. Pel disordine de' suoi spiriti, egli era atterrito come da un fatto soprannaturale.

A un avvallamento del terreno cadde, bocconi, con la faccia su l'erba. Si rialzò a gran fatica, e stette un momento a riguardare in torno li alberi.

Le forme argentee dei pioppi sorgevano immobili nell'aria, taciturne; e parevano inalzarsi fino alla luna, per un prolungamento chimerico delle loro cime. Le rive del fiume si dileguavano indefinite, quasi immateriali, come le imagini dei paesi nei sogni. Su la parte destra li estuari risplendevano d'una bianchezza abbagliante, d'una bianchezza salina, su cui ad intervalli le ombre gittate dalle nuvole migratrici passavano mollemente come veli azzurri. Più lungi, la selva chiudeva l'orizzonte. Il profumo della selva e il profumo del mare si mescolavano.

«Oh Turlendana! ooooh!» gridò una voce, chiarissima.

Turlendana, stupefatto, si volse.

«Oh Turlendanaaaaa!»

E Binchi-Banche apparve, in compagnia di un finanziere, su 'l principio di un sentiero praticato dai marinai tra il folto dei salci.

«Addó vai a 'st'ora? A piagne lu camelo?» chiese Binchi-Banche avvicinandosi.

Turlendana non rispose subito. Si reggeva con le mani le brache, teneva le ginocchia un po' piegate innanzi; e nella faccia aveva una così strana espression di stupidezza e balbettava così miserevolmente che Binchi-Banche e il finanziere scoppiarono in grasse risa.

«Va, va,» disse l'omiciattolo grinzoso, prendendo l'ebro per le spalle e incamminandolo verso la marina.

Turlendana andò innanzi. Binchi-Banche ed il finanziere seguitavano a distanza, ridendo e parlando a voce bassa.

Ora la verdura terminava e incominciavano le sabbie. Si udiva mormorare la maretta alla foce della Pescara.

In una specie di bassura arenosa, tra due dune, Turlendana sì incontrò con la carogna di Barbarà non ancora sepolta. Il gran corpo, tutto spellato, era sanguinolento; le masse adipose della schiena anche erano scoperte ed apparivano d'un colore giallognolo; su le gambe e su le cosce la pelle rimaneva con tutti i peli e i dischi callosi; nella bocca si vedevano i due denti enormi, angolosi, ricurvi della mandibola superiore e la lingua bianchiccia; il labbro di sotto era, chi sa perchè, reciso; e il collo somigliava ad un tronco di serpente.

Turlendana, in conspetto di quello strazio, si mise a gridare scotendo la testa. Faceva un verso singolare, che non pareva umano.

- Ahò! Ahò! Ahò! -

Poi, volendo chinarsi su 'l camello, stramazzò; si agitò invano per rialzarsi; e, vinto dal torpore del vino, rimase senza conoscenza.

Binchi-Banche e il finanziere, come lo videro cadere, sopraggiunsero. Lo presero, l'uno da capo e l'altro da piedi; lo sollevarono, e lo adagiarono lungo su 'l corpo di Barbarà, atteggiandolo a un abbracciamento d'amore. Sghignazzavano i due operando.

E così Turlendana giacque co 'l camello, sino all'aurora.

Lightning Source UK Ltd.
Milton Keynes UK
UKHW020626170922
409018UK00007B/809